DEUXIÈME CENTENAIRE

DE

PIERRE CORNEILLE

CÉLÉBRÉ A ROUEN

LE 12 OCTOBRE 1884

DEUXIÈME CENTENAIRE

DE

PIERRE CORNEILLE

Typ. G. Chamerot.

A. Sandoz del. — d'après Lebrun. Gravé par Pannier, terminé par Leguay.

TIRÉ DES GRANDS ÉCRIVAINS DE LA FRANCE — HACHETTE & Cie ÉDITEURS

Imp. Ch. Chardon aîné. — Paris.

DEUXIÈME CENTENAIRE

DE

PIERRE CORNEILLE

CÉLÉBRÉ A ROUEN

LE 12 OCTOBRE 1884

PARIS

CERCLE DE LA LIBRAIRIE

ET DE L'IMPRIMERIE

DISCOURS

PRONONCÉ PAR

M. GASTON BOISSIER

AU NOM

DE L'ACADÉMIE FRANÇAISE

DISCOURS

DE

M. GASTON BOISSIER

MESSIEURS,

L'Académie française ne pouvait rester étrangère à l'hommage qu'après deux siècles vous rendez à Pierre Corneille; mais elle est surtout heureuse de s'y associer parce que l'honneur que vous faites à l'un des siens rejaillit sur la littérature entière. Il faut bien, quoi que disent les dédaigneux, que les lettres aient conservé quelque pouvoir sur les esprits, pour qu'au milieu de nos préoccupations et de nos luttes, quand les querelles sont si violentes, les haines si tendues, il se fasse tout à coup une trêve entre ces passions irritées et que tous les partis se réunissent pour célébrer ensemble une fête littéraire. Songez, Messieurs, que l'homme dont la gloire nous rassemble ici ne fut ni un soldat ni un politique, qu'il n'a pas mis la main aux affaires de son pays, qu'il ne posséda ni la richesse ni la puissance : c'était simplement un poète, et il n'a jamais fait la moindre tentative pour sortir de ce qu'il appelait modestement son métier. Vous voyez pourtant combien son souvenir est resté vivant et populaire, comme on s'empresse de tout côté à venir honorer sa mémoire! Lorsque Racine, en prononçant l'éloge de Corneille devant l'Académie, s'élevait contre le préjugé ridicule qui traitait les habiles écrivains de gens inutiles dans les États; quand il affirmait que, « quelque étrange différence que, durant leur vie, la fortune mette entre eux et les plus grands héros, après leur mort, cette différence cesse; que la postérité, qui se plaît et s'instruit dans leurs ouvrages, ne fait pas de difficulté de les égaler à tout ce qu'il y a de plus considérable parmi les hommes, et qu'elle fait marcher de pair l'excellent poète et le grand capitaine », je suppose que ces fières paroles devaient surprendre ou même scandaliser beaucoup de ceux qui l'écoutaient. Racine avait pourtant raison, Messieurs; votre présence ici et l'éclat de cette fête le prouvent. Parmi les hommes célèbres de son temps, y en a-t-il beaucoup qui aient obtenu après leur mort les honneurs que vous rendez à Corneille? Qui se souvient de ces personnages qui faisaient alors tant de bruit, qui tenaient tant de place, sur qui tous les yeux étaient fixés, généraux, grands seigneurs, financiers, ministres, devant lesquels Corneille paraissait si humble, qu'il regardait de si loin, qu'il était forcé de flatter pour vivre? Qu'est devenue leur mémoire qu'on croyait éternelle? Qui se rappelle aujourd'hui leur nom?

> Tant qu'a duré leur vie, ils semblaient quelque chose;
> Il semble, après leur mort, qu'ils n'ont jamais été![1]

Le temps n'a pas seulement emporté le souvenir des hommes; il a fait bien d'autres ravages. Depuis que Corneille est mort, cette vieille société a disparu tout entière. Parlements, noblesse, monarchie, en deux siècles, tout a péri. Seule (permettez-moi d'en ressentir quelque orgueil), seule, ou presque seule, la Compagnie que j'ai l'honneur de représenter a survécu à ces désastres. N'est-il pas remarquable que, dans ce pays où tout passe, les lettres aient su fonder une institution qui a duré?

Si la gloire de Corneille est restée debout au milieu de ces ruines, si elle s'est conservée entière jusque dans un monde qui n'est plus le sien, c'est qu'en écrivant pour le théâtre, où d'ordinaire le public fait la loi aux auteurs, où la mode règne en souveraine, il eut le courage de rompre avec le goût de son temps, et courut le risque de déplaire à ses contemporains pour plaire à la postérité. Son génie eut la claire intuition de ce que devait être le Drame français. Tandis que ses rivaux se contentaient de piquer la curiosité des spectateurs par les complications de l'intrigue, en entassant les uns sur les autres les incidents les plus bizarres, il chercha l'intérêt dans la lutte des passions et la peinture du cœur; il mit sur la scène des tableaux de la vie;

1. CORNEILLE, traduction de l'*Imitation*.

et, comme l'âme humaine ne change guère, et que la vie, sous des formes différentes, reste semblable au fond, il s'est trouvé qu'il a écrit pour tous les siècles.

Le nôtre en particulier a beaucoup de profit à tirer de la lecture de ses ouvrages. Vous savez qu'il y a des maladies dont on ne peut guérir qu'à la condition d'aller respirer quelque temps l'air pur des montagnes ; ne pensez-vous pas qu'au moment où il semble que notre littérature « aspire à descendre », il est utile, il est sain de la faire vivre dans le commerce d'un grand poète qui la ramène sur les hauteurs? La Bruyère donnait à Corneille cet éloge qu'il a peint les hommes tels qu'ils devraient être ; nous avons une École aujourd'hui qui se plaît à les représenter pires qu'ils ne sont. Si elle pense que cette forme grossière de l'art est la seule qui soit compatible avec une société démocratique, je lui rappellerai que le premier en date de tous les romans réalistes, celui de Pétrone, a été fait pour amuser la cour d'un despote.

Les œuvres vraiment populaires sont celles qui arrachent la foule à ces médiocrités de la vie auxquelles elle est condamnée, qui la font un moment sortir de sa sphère étroite, qui la consolent, la relèvent, la fortifient, en ouvrant devant elle quelques grandes perspectives. Ce sont les seules qui soient assurées de vivre toujours. Quant aux écrivains qui semblent avoir déclaré la guerre à l'idéal, qui font tous leurs efforts pour s'abaisser et nous rabaisser avec eux, qui dépensent souvent un beau talent à la peinture des bassesses et des laideurs de notre nature, ils obtiennent des succès d'un jour en flattant des caprices d'un moment, mais ils ne travaillent pas pour la postérité, et je crains bien qu'on ne soit en droit de leur appliquer ces beaux vers de votre poète :

> Leur nom traînera dans l'oubli,
> S'il ne tombe assez bas pour traîner dans la fange.

Et maintenant, Messieurs, la gloire de Corneille entre dans son troisième siècle. Elle y peut entrer sans crainte : le passé lui garantit l'avenir. Tant que vivra notre langue, tant que la France conservera le goût des lettres, on ne se lassera pas, soyez-en sûrs, de lire et d'admirer ses ouvrages, et l'on ne se hasarde pas beaucoup en prédisant que, ce siècle écoulé, nos successeurs se rassembleront ici pour célébrer pieusement, comme nous, le troisième centenaire de Corneille.

STANCES

A

PIERRE CORNEILLE

PAR

M. SULLY PRUDHOMME

DE L'ACADÉMIE FRANÇAISE

STANCES

À

PIERRE CORNEILLE

Deux siècles ont passé, deux siècles, ô Corneille!
Depuis que ton génie altier s'est endormi
En recevant trop tard pour sa dernière veille
L'aumône de ton roi par la main d'un ami.

Comme un chêne géant découronné par l'âge,
Déserté des oiseaux qu'il attirait hier
Et qu'éloigne le deuil de son bois sans feuillage,
Tu finis seul, debout, dans un silence fier.

Ta renommée avait, par son aube éclatante,
Alarmé le Mécène ombrageux de ton art :
Un monarque a laissé, par sa grâce inconstante,
Le laurier du poète inutile au vieillard.

Mais, après deux cents ans, voici que ta patrie,
Qui dispense elle-même aujourd'hui sa faveur,
Dans son grand fils, plus cher à sa gloire meurtrie,
De l'Idéal invoque et fête le sauveur !

Car si déjà tes vers, par leur saine puissance,
Rendirent la noblesse aux lèvres comme au cœur,
Aux rires de Thalie enseignant la décence,
Aux cris de Melpomène une austère vigueur,

Leur mâle accent encore aujourd'hui nous révèle
Ce qui dort d'énergie en notre volonté,
Et sait y faire encor palpiter la grande aile
De l'héroïsme ancien, vaincu mais indompté !

De Chimène et du Cid la tragique aventure
Nous exhausse le cœur pour nous mieux émouvoir,
En nous montrant l'amour qu'un jeûne ardent torture
Et qui lutte enchaîné par le sang au devoir.

Quand, fouillant le passé, ton génie en ramène
Des traits d'honneur fameux que tes beaux vers font tiens,
Tu sais communiquer ta vieille âme romaine
Par la voix d'un Horace à tes concitoyens!

Tu nous rends généreux par l'exemple d'Auguste,
Quand du ressentiment le sublime abandon
Ose trahir en lui la sévérité juste
Pour nous faire admirer la beauté du pardon!

Polyeucte en un chant magnifique et suave
Nous promet un royaume où la paix peut fleurir
Et témoigne en tombant, devant les dieux qu'il brave,
Que le Dieu qu'il révère enseigne à bien mourir!

O tragédie! appel profond de l'âme à l'âme
Par les plus grands soupirs arrachés aux héros,
Qui rend des passions la louange et le blâme
Vivants au fond de nous par de poignants échos,

Art sobre de parure, à la fois économe
Du lieu, du temps où gronde et frémit l'action,
Plus jaloux d'évoquer l'éternel fond de l'homme
Que de flatter des yeux la frêle illusion!

Corneille, dans tes vers résonne impérieuse
La formidable voix que cet art prête aux morts,
Et la frivolité d'une race rieuse
Y sent comme un reproche éveillant un remords.

Ses jeux lui semblent vains sous ta parole grave,
Ses querelles, hélas! méprisables aussi;
A ses communs élans que la discorde entrave
Tu rouvres l'Idéal comme un ciel éclairci!

Quand de tes vers vibrants la salle entière tremble,
Les hommes ennemis pareillement émus,
Frères par le frisson du beau qui les rassemble,
Pleurant les mêmes pleurs ne se haïssent plus!

Non! car l'enthousiasme a le saint privilège
De rendre au vol des cœurs sa pure liberté,
Comme l'essor croissant des nacelles s'allège
De tout le sable vil qu'elles ont emporté,

Et sous un même vent d'espérance et d'audace,
Ils sont tous entraînés vers les mêmes hauteurs,
D'où l'immense horizon que l'œil sans voile embrasse
Nivelle et noie en bas l'arène et les lutteurs.

C'est ainsi qu'au-dessus des passions vulgaires,
Aux vertus qui s'en vont nous forçant d'applaudir,
Tu nous fais oublier nos misérables guerres
Dans un monde où tout l'homme aspire à se grandir!

Ah! du moins, pour un jour, au pied de ta statue,
Imposant l'accalmie au forum agité,
La France, de sa gloire ancienne revêtue,
Peut jouir, grâce à toi, de l'unanimité!

Et devant toi l'espoir ose en elle renaître,
Car, après deux cents ans, ses maux n'ont point tari
Le sang vivace et pur qui t'avait donné l'être,
Et n'ont pas épuisé le sol qui t'a nourri.

Au nid d'où sortit l'aigle un aiglon peut éclore
Dont l'œil porte à son tour des défis au soleil,
Et dont l'aile, après lui, tente le ciel encore
D'un vol imitateur mû par un sang pareil!

Chez tes fils d'aujourd'hui retrempés par l'épreuve
Que ton œuvre virile engendre des rivaux,
Que ton solide verbe offre à leur âme neuve
Un moule rajeuni pour des pensers nouveaux!

L'air que tu respirais gonfle aussi leurs poitrines,
L'accent qui l'animait passera dans leurs voix,
Ta langue peut s'user, mais ses nobles ruines
Légueront à leurs vers le souffle d'autrefois !

Salut, maître, salut ! Si la mort n'est qu'un somme,
Réveille-toi, respire, entends, vainqueur serein,
Le retentissement sur la terre et dans l'homme
Des poèmes sortis de ta bouche d'airain !

Vois la pompe qu'un peuple en ton honneur étale
Pour rendre, à son appel, ton réveil triomphant !
Ressuscite et reçois, dans ta ville natale,
L'hommage de la France à son sublime enfant !

Typ. G. Chamerot

www.ingramcontent.com/pod-product-compliance
Ingram Content Group UK Ltd.
Pitfield, Milton Keynes, MK11 3LW, UK
UKHW022207190726
13855UKWH00004B/1652

9 782013 056434